소금 성자

산지니시인선 002

소금 성자

정일근 시집

산지니

시인의 말 하나

시인은 시로 발언하고, 시로 실천하고, 시로 존재한다.

차례

수세미꽃이 있는 풍경

 쇠숟가락으로 온기 먼저 담겨 오는 민물새우뭇국 받아 들고
 남루한 가족 모여 따뜻하게 먹는 저녁이 있었다

 여흘여흘 흘러가던 저녁강 깊어지며 비로소 잠드는데

 기다릴 사람 돌아올 사람 없지만
 바람길 따라 에두른 돌담 위로 노란 등불 맑게 켜지는 밤이 있었다.

소금 성자

히말라야 설산 높은 곳에서 흘러내리는 물을 받아

물속에 숨어 있는 소금을 받아내는 평생 노역이
있다

소금이 무한량으로 넘치는 세상

소금을 신이 내려주는 생명의 선물로 받아

소금을 순금보다 소중하게 모시며

자신의 당나귀와 평등하게 나눠 먹는 사람이 있다.

따뜻한 사진

  삼동 얼음 낀 생선들 서로 포개져 언 몸뚱이 녹이고 있다.

  그 뒤로 어물전 중무장한 생선장수들 다닥다닥 붙어서 김나는 새벽밥 먹고 있다.

  생선은 생선끼리 사람은 사람끼리 포개고 붙어 있는 최민식*의 추운 사진.

  날 추울수록 따뜻한 사진 한 장, 부산 자갈치, 1953년.

* 최민식(1928~2013): 부산에서 활동한
다큐멘터리 사진가.

물의 뺨을 쳤다

산사서 자다 일어나 물 한 잔 떠먹었다

산에서 흘러 돌확에 고이는 맑은 물이었다

물 마시고 무심코 물바가지 툭, 던졌는데

찰싹, 물의 뺨치는 소리 요란하게 울렸다

돌확에 함께 고인 밤하늘의 정법과

수많은 별이 제자리를 지키던 율이 사라졌다

죄였다, 큰 죄였다

법당에서 백여덟 번 절 마치고 돌아올 때까지

물의 뺨은 퉁퉁 부어 식지 않았다.

악착, 보살

청도 호거산 운문사 대웅전에 반야용선 따라
미륵의 나라로 건너가기 위해
외줄 잡고 가는 악착이 있다
56억 7천만 년을 이 악물고 가는 악착보살이 있다

위로 보리 구하고 아래로 중생 제도해야 보살이라
지만
두 손 절대 놓지 않는 저 악착 역시 보살이려니
이 악문 저 악착, 부처가 되는 수행이려니.

꽃밥

　양산 상북면 신전리 천연기념물 이팝나무꽃 가지
가지 그득그득 피우시는 이유는

　내가 올해 꽃 피웠으니 자네 부부 한 번 다녀가시라
는 것, 와서 꽃밥 배부르게 자시고 가시라는 것

　노거수 꽃 피워 청하는 오래된, 아름다운 약속.

끓는 사과

이 가을 가장 뜨거운 것은 사과 씨앗이다

어제의 사과에서 몸을 받아 오늘의 사과를 만들어
낸 둥근 목숨 스스로 곡진하여

그 열기 어찌할 수 없어 껍질째 빨갛게 끓는다

밀양 얼음골 십만여 평 사과바다가 씨앗 하나로 창
창히 깊어지고

씨앗 하나로 뜨거워져 넘친다.

수박의 흥분

두드리면 제 속 장단 감추지 못하고
통, 통, 통통통 맑은 박자로 답할 때
조심해라, 수박이 흥분했다는 신호다

만지면 자진한잎 소리 저절로 터져 나오는 순간

그때 수박 가장 붉고, 달고, 맛있다

아으!

맛

부산 영도 밥집 달뜨네
위魏 숙수가 완성시킨 청어 관목어는
누구에게든 단 한 점만 허락한다

최상의 맛은 한 점이면 족하다

그것이 맛의 처음이며 끝이다

행여 욕심에 한 점 더 청하지 마라
그때부터 맛은 식탐일 뿐이니.

그믐치

꽃 날리는 저녁이다 통점이 스르르

스르르르 등 뒤로 와 꽃뱀으로 꽉 문다

꽃 피기 전부터 이 악물고 참았던 내 궁극이

하얀 비단으로 풀린다 꽃 피는 날에

오지 못해 미안하다 이제 내 추억의 실마리는

부축 없이 처음에 닿지 못한다

발바닥의 궁륭이 서서히 그믐으로 가고 있다

내 처지보다 누가 먼저 울고 갔는지

꽃나무는 바다, 진해바다를 향해 서 있다

사부작사부작 그믐치 오신다.

우수서 경칩까지

응달에 녹지 않은 잔설이
겨우내 동면동물처럼 웅크리고 있다

저건 버려진 땅의 추운 운명이라고 생각했다

우수서 경칩까지 같이 걸어와 보니, 아니다
응달에 쑥 수북하다, 산수유꽃 터진다

저건 어느 땅 한줌이든 버리지 않는
은현리의 가르침, 부지런히 볕 찾아
청솔당 문 앞 시멘트 바닥 갈라진 틈새마다

봄까치꽃, 별꽃 스스로 지천이다.

동백에 사무치다
―김경식 시인께

남쪽바다에 마음 심心자 써 던져놓은 섬이 있다

그 섬 하늘의 뜻인지 바다의 순명인지 알 수 없지만
가장 추운 날 골라 산다화 붉다, 붉어 선홍의 피가
튄다

동박새 파르르 날개 치며 꽃 속에서 노란 꿀을 따고
인기척 있는 곳에서 고소한 동백기름 내음이 풍
겨와

섬에 피가 돈다, 내 심장 뜨겁게 일렁거렸지만
북쪽으로 떠나고 나면 대책 없이 텅 빌 내 적막에
사무칠 이여

천지신명의 법에 시인의 간섭 죄일 것 같아
가지 말라는 그 흔한 말 두려워 차마 하지 못했다

땅에 진 꽃 한 송이 무심히 지르밟지 못했다.

비단벌레차를 기다리며
—경주 남산

　첨성대 앞 나무의자에 앉아 있다 비단벌레차를 기다린다 온다는 시간 지났다 나는 매표원에게 항의하지 않는다 이렇게 기다려본 지 오래다 기다리는 동안 계림의 황금 가을이 나에게 온다 아름다운 호사다 비단벌레차가 천년 전에 출발했든 천년 후에 도착하든 조급하지 마라 신라가 나에게 오는 데 천년이 걸렸다 오늘 내게 중요한 것은 너를 기다리는 일 내 손에 탑승권이 있으니 만족한다 비단벌레차가 오고 있나 보다 황남동 쪽 어디에서 푸른 사랑의 섬광* 번쩍하며 눈부처로 내려앉는다.

* 푸른 사랑의 섬광: 최동호 시인의 시
「불꽃 비단벌레의 사랑」에서 빌림.

지나간다는 것

그냥 지나간다고 잊히는 것은 없다

가을이 지나간 들판 황금 낱알 몇 알 숨어 숨쉬고
무서리 지나간 고샅길 남새밭에 푸른 문장들 남
았다

젊은 시절 잠시 스쳐 개여울처럼 흘러간 사람
내 피에 깊이 새긴 물무늬 여전히 붉고 뜨겁다.

아, 시다 시

어머니 오랜 병석에 누웠다가
은현리 마당으로 나오셨다

빨간 양앵두 몇 알 따서
입에 넣고 중얼거린다

― 아, 시다 시

양앵두가 제대로 익지 않았나 보다

나는 어머니 계셔 시인이 되었고
어머니 말씀 받아 시를 쓴다

어머니 팔순 인생에서 또 한 줄 시가 온다

― 아, 詩다 詩

어머니의 자리

사랑하는 사람 떠날 때
심장 속에 묻어둔 별이 함께 사라진다

애달프게 눈물 흘리지 마라

그 별, 하늘 제자리로 돌아가
묘막한 우주에서 자식의 길 환하게 밝힌다

그곳이 어머니가 떠나온 자리다

어머니인 네가 돌아갈 자리다.

별이름 루婁에 대하여

눈 쌓인 지리산 오르며 시인이 필명을 부탁했다 하산하는 길에 별을 보며 루라는 외이름 선물했다

루는 옛 28개 별자리 중의 열여섯째 별자리, 루는 조선의 천상열차분야지도 서방 백호자리 양자리별, 루는 현대 천문학에선 양자리 두 번째 뿔에 자리 잡고 있는데, 루는 지구에서 59.6광년 떨어져 있는데

시인의 이름이 루가 되는 것, 그의 시는 루별에서 지구별까지 그 먼 광년 저 홀로 찾아와야 한다 107일에 한 바퀴를 공전하는 별, 루처럼 자갈밭에 제 몸 굴려가며 시의 뼈를 깎아야 한다

시의 길은 또 얼마나 먼 길인가 첫 문장에서 마침표까지 쉬지 않고 달려가야 하는 길, 허나 아무리 멀고 힘들지만 규, 루, 위, 묘, 필, 자, 삼*이 한 하늘의 별이니 외롭지 않으려니

루는 별이름 아니라, 별이다

어두운 밤하늘에 반짝이는 시인의 루별이다.

---

* 천상열차분야지도 서방 백호자리의 별이름.
안드로메다, 양, 황소, 오리온자리의 별들을 말한다.

장자의 그릇

　장자가 빈 그릇을 들고 의령 장에 왔다 그릇 속에 우주의 배꼽이 꿈틀거리는 것은 나의 식자우환 탓이다

　북쪽 깊은 바다에 사는 곤인지 하늘로 솟구치는 대붕인지 몇 줄 글 읽어 다 아는 척 장자에게

　물었다, 장자는 답하지 않고 요란한 저자로 사라졌다 엎어두고 간 그릇을 바로 놓아보니 광대무변한 우주가 고스란히 한 그릇이다 다시 덮어보니 땅이 다 담긴다

　애당초 그릇이란 한낱 이름일 뿐이니 이름 안에 삼라만상이 살아 있고 이름 밖에 장자의 그릇이 놓여 있다

　내 좁은 소갈머리를 목탁처럼 내리치며 봄과 가을 사이 자굴산 매미가 요란하게 운다.

청와靑蛙 선생 일 획이 더해져

의령 자굴산 자락 최 도공의 이예당怡藝堂

당호를 새긴 재주 예藝 자 받침 운云 자의 일— 자 아래

한 일— 자 한 획 더 그어져 있네

어라? 싶어 짚어보니 구월의 작은 청개구리

청와靑蛙 선생 앞뒤 다리 쫙 펴고 생의 일 획 쓰고 있는데

좋다! 저 청개구리 자연에서 온 살아 있는 일 획이네

집 이름 선물하고 한 획이 빠진 듯 오래 허전했는데

이로써 이예당怡藝堂 당호가 조선 그릇처럼 살아 숨쉬기 시작했네.

미궁의 시詩

자는데 진주 낭군 같은 시가 오셨다

깨어 버선발로 시를 모셨다
금준미주金樽美酒 차려 올리고
비단금침 깔아 드렸다

입속으로 시의 혀가 쑥 들어왔다
시와 하나 되는 접신에 황홀했다

잠들었다, 새벽녘에 다시 모시려 깨어보니
흔적 없다, 가시고 안 계시다

아뿔싸! 이번에도 이름 묻지 못했다
머리카락 한 올 남지 않았다.

미궁에서 찾아온 시詩

불현듯, 대낮에 미궁에서 시가 찾아왔다

반갑게 받아 적었다

거침없이 받아 적었다

나사렛의 그 사내가 찾던

잃어버린 한 마리 양을 구한 듯 행복했다

그날 저녁 집으로 배달된 문예지를 읽다

이미 발표된 그 시를 만났다

글자 한 자 다르지 않은.

꽃, 능소

문득, 좋아하던 꽃 이름 아내가 묻는데
철컥, 꽃에 열쇠가 채워진다

답하지 말라고 부탁해놓고
기억의 살 모두 다 발라내며 찾아가는데
꽃 이름 앞에서 결국 건너지 못한
깜깜한 절벽을 만났다

치매가 빨리 올 수 있다고 생각했다
내가 잃어버리고 사는 것의 맨살이
끝내 만져지지 않을 때가 많아진다, 그 꽃

능소화, 내가 아내에게 가르쳐 준 꽃이었다.

바다의 적바림·11

　바다가 만든 주상절리의 계단을 밟고 파도가 솟구
칠 때, 허공장虛空藏이 찰나刹那에 피웠다가 일수유一
須臾에 거둬가는 극정極頂의 꽃, 바다의 꽃.

바다의 적바림·12

소금 오는 계절이면 손이 바빠 주일까지 일해야 하는 바다교회 평신도 정씨. 일하기 전에 소금에 무릎 꿇고 기도부터 올린다. 세상의 빛과 소금이 되라 하셔 아멘, 바다의 빛을 모아 소금을 만듭니다 아멘. 그때마다 아멘이라는 동의는 정씨의 기도 아니다. 그곳의 빛과 소금이 정씨의 기도에 더하는 찬양이다.

바다의 적바림·13

    푸른 바다는 수평선이 있던 자리 밖으로 떠나 웅크리고 있다. 바다가 떠나고 아버지가 떠나고 없는 매립지, 혼자 서 있는 눈먼 어린 아이의 맑고 푸른 눈동자가 바다를 보고 있다. 사라진 청정바다가 바다를 보지 못하는 저 눈동자에 고스란히 살아 있다. 가까이 다가서자 익숙한 소금내음 훅—, 하고 밀려온다.

바다의 적바림·14

　간절곶 해안 갯채송화가 노란별꽃, 꽃 활짝 피우는 밤. 수평선 동쪽에서 붉고 큰 보름달 떠오르다, 구름 속으로 가만가만 숨는다. 빛나던 별들 모두 불 끄고 사라진다. 꽃별 하늘 높이 솟아오르라고, 어서 제자리 찾아 단단히 앉으라고.

바다의 적바림·15

   모두 다 받아줘서 바다라고 했다. 마침내 원자력발전소까지 받아준 바다가 말한다. 봐라봐라, 봐라봐라, 이 바다 사람이 다 받아야 할 밥상이다.

돌고래는 사람의 칭찬에 춤추지 않는다

칭찬한다고 돌고래는 춤추지 않는다

박수에 신이 나서 높이뛰기 하지 않는다

하루 24시간 장생포 수족관에 죄 없는 죄로 갇혀
살며

살기 위해 춤추고 먹기 위해 제 몸 날린다

그때마다 제 입으로 들어오는 한 끼니를 위해

돌고래는 죽자고 춤춘다

돌고래는 죽자사자 높이뛰기 한다.

바다에서 사람의 자리

사람과 사람 사이에 고래가 있다*, 조심해라

사람이 사람에게 겨누는 작살이 그 뒤에 숨어 있다

* 정현종 시인의 「섬」에서 변용.

고래, 52

52Hz 가장 높은 주파수로 노래한다는 것은
고래의 가장 아름다운 노래인데

바다 깊은 곳에서 하늘 높은 곳까지 전하는
바다의 기도인데

가장 외롭다는 것은 가장 빛난다는 것인데

외롭다는, 사람의 그 오만한 형용사를 용서하라

거룩한 바다의 사제여
사람의 죄, 바다에 알리고 그 벌, 하늘에 고하라

마침내 사람만이 외롭게 죽어갈 것이라 예언하는데
보지 못하고 듣지 못하는 것 또한 사람뿐인데.

* 52Hz, 정확하게는 51.75Hz 주파수로 홀로 노래하기
때문에, 52라고 불리는 고래가 있다. 세상에서 가장
외롭다고 불리는 이 고래를 아직까지 만난 사람은 없다.

추도 메기

추도楸島가 어디에 있는 섬인지 모른다 해도
추도 메기 모른다면 당신은 겨울 술꾼 아니다

남쪽 물메기*는 한겨울에 즐기는 술꾼의 해장 술
친구
끓이면 무장 해제하는 살로 엉킨 속 실타래 다 풀
어져
아침부터 대책 없이 다시 취하는 날 많지만

물메기가 지고 나면 해풍에 잘 말린
추도 건乾메기 몇 마리 장독에 묻어두고 북북 찢거
나 맵게 찜 쪄 혼자 취하는 시인의 불콰한 호사가 되
는데

그때면 지심도 동백이 한창이어서, 이제하 시인의
노래
김영랑 조두남 모란 동백을 그럴듯하게 뽑아보는데.

* 물메기의 학명은 '꼼치'다.

대구 떡국

남쪽 바다에서 태어나 그 바다에서 사는
여든에 쩡쩡한 노인에게 바다를 물었다
바다는 내 근구요, 라고 방언으로 말한다
근구는 권구眷口의 남쪽 바닷가 방언
밥 먹고 살기 위해 열여덟에 배를 탄
노인에게 바다는 세끼 밥 함께 먹는 식구
결혼하고 자식들 키워준 또 다른 부모
때로는 생사고락 함께한 동기간이었기에
노인과 바다는 같은 일대기一代記를 펼쳐놓고
제철 대구 떡국 한 그릇으로 겸상하고 있다.

씨 없는 나라

청양고추 씨앗 미국에 팔린 지 오래
한여름 고추, 된장에 푹 찍어 매운 맛 볼 때
그 맛 몬산토*에 달러 내고 사 먹는 나라
이 나라 사람 고추장 먹어야 힘낸다며
외국 나갈 때마다 로열티 낸 고추로 담은
고추장 바리바리 사 가는 나라
종자 사 먹는 나라
씨 없는 대한민국.

* 몬산토(Monsanto): 세계 최대의
유전자변형작물(GMO)을 연구·개발하는 기업.

접시꽃이 걸어간다

    접시꽃이 걸어간다. 좋은 봄날 다 보내고 걸어간다. 낮이 길어지고 해가 뜨거워질수록 제 꽃망울 속 열락의 꽃 차례차례 피워 올리며 걸어간다. 나무는 나무의 걸음걸이로 꽃은 꽃의 걸음걸이로 걸어가는 은현리 유월, 꽃 한 송이 피운 뒤에 또 한 송이 피우며 접시꽃이 걸어간다. 색색 양산 펴고 나들이 가듯 걸어간다. 느릿느릿 걷지만 저 뜨거운 속도, 사람이 숨어드는 그늘의 길 아니라 작열하는 햇살 속 불타는 길로 접시꽃이 걸어간다.

고추가 달린다

  고추밭에 고추가 달린다. 고추는 주인을 닮는다며 나릿나릿 달린다. 서창 장날 천 원 주고 사다 심은 고추 모종이 달린다. 고추꽃이 달린다. 별같이 하얗고 착한 꽃이 달린다. 어머니에게 나는 첫 고추, 고추꽃일어 고추 달고 달린다. 은현리에 고추가 달린다. 풋고추가 달린다. 아삭이고추가 달린다. 꽈리고추가 달린다. 청양고추가 달린다. 내 고추가 달리다니! 나는 흥분하여 들렁들렁* 달린다.

* 들렁들렁하다(설레거나 흥분하여 가슴이 몹시 두근거리다)의 어근.

환경적 시론

—$\mu g/m^3$

  1큐빅미터에는 1,000리터의 물이 담긴다. 1마이크로그램은 1,000,000분의 1그램이다. 내 사는 남동쪽 244마이크로그램 퍼 큐빅미터 초미세먼지 경보 발령된 날, 시여 단 한 사람에게 치명적이길 바라는 나의 시여, 너는 얼마나 위험한 독극인가. 독자라는, 비평가라는, 문학사라는 큐빅미터에 몇 마이크로그램쯤의 농도로 위협적인가. 작은 먼지가 세상다 가리듯 한 번쯤은 당신에게 시의 적색경보 울리고 싶다. 시에 두 눈 멀어 한 치 앞 보이지 않는 공습경보 같은.

거짓말

  중국 주흥사가 지은 천자문은 거짓말이 되고 말았
다 2015년 4월 15일 오후 2시 네이멍구 아얼산시에
하늘은 붉고 검은 흙비가 내려 도시를 덮었다 하늘
은 검고 땅은 누렇다는 천지현황天地玄黃은 천지홍흑
天地紅黑으로 고쳐 잡아야 한다 몽고 신화망에서 전
송된 사진과 기사를 보며 소름이 끼쳐 하루 종일 침
묵했다 한 나라 국무총리가 대한민국 국회에서 자신
의 새빨간 거짓말을 또 다른 검은 거짓말로 덮던 그
시간의 일이었다.

미안하다_울다

    국립대학 졸업하고 군에 가 6개월 만에 제대한 친구. 30년 지났지만 망가진 몸과 더 망가진 정신으로 약 먹으며 살아가는 친구. 너의 얼굴 반갑게 알아보지 못해 미안했다. 멀리서 기차 타고 찾아왔다, 막차 시간 맞춰 황급히 돌아가는 너를 혼자 보내며 미안해서 울었다. 졸업하고 열아홉 군에 가 제대 일주일 남겨두고 자살했다는 연락만 받은 또 한 친구의 얼굴 떠올라 미안하다며 울었다. 그때든 지금이든 아무 것 할 수 없다. 미안하다 미안하다며 펑펑 울었다.

죽은 친구에게 편지가 왔다

죽은 친구에게 편지가 왔다. 국민학교 졸업 30주년 기념식에서 축시를 읽었다. 먼저 죽은 친구들 이름 차례차례 호명하여 가엾은 영혼들 부를 때 나는 그 친구 이름 불렀다. 그리고 오래 잊혔는데 죽은 친구가 편지를 보냈다. 국가가 약으로 병든 국민을 강제 구금해 치료하는 기관에서 온 편지였다. 그건 누런 갱지에 가득 쓴 해독 불가한 난수표였다. 다른 별에서 온 편지였다. 시로 사망선고를 내린 나에게 죽지 않고 살아 있다고 보낸 항소의 불빛이었다. 보내온 주소 어렵게 읽어낼 수 있었지만 답장 보내지 못했다. 세상이 이구동성으로 사망 선고한 그 친구, 그 소외의 오래고 단단한 붉은 벽 부수고 부활시킬 판결문 나는 쓸 수 없었다. 두려웠다. 아니다. 나는 비겁자였다.

호모패스워드쿠스*

비밀은 말할 수 없는 고통의 다른 말, 때로는 목을 걸고 지켜야 하는 비의秘儀지만, 컴퓨터 초기화면이, 인터넷 메일이 그 비밀을 요구한다

월급통장이, 신용카드가, 아파트 현관문이 막고 서서 어이 찍어봐! 비밀번호를 검문한다, 하루 수십 차례 비밀을 고백하는 사람, 호모패스워드쿠스

무겁고, 두껍고, 커다란 비밀금고를 머릿속에 넣어두고 다이얼 자물쇠 달고 지문인식기까지 달고서 21세기의 신식민지, 몇 자리 죄수번호로 존재하는 호모패스워드쿠스

비밀번호가 내 이메일 읽고 내 통장의 돈 찾고
내 아파트 문 당당히 열고 들어와 내 아내 곁에 눕는다.

---

* Homo Passwordcus. 수많은 비밀번호를 가지고 사는 현대인을 비유하는 말로서, 필자가 만들었다.

멸치똥

시인 행세하며 이런저런 자호 가졌다
시인 서른 해 보내며 꺼내 펼쳐보니
반은 세상에 부끄럽고 반은 스스로 민망하다
영주 사는 권석창 시인의 호는 서각鼠角인데
풀이하면 쥐뿔, 시 쓰는 일은 없는 쥐뿔보다 하찮
은 일
독자 앞에 먼저 고개 숙이는 시인의 하심이 부럽다
아내의 저녁 도와서 부산 기장에서 나는 청어멸치
똥 빼다가! 멸치 약鰯, 똥屁, 약똥, 멸치똥!
무릎을 치며 쥐뿔을 뽑았다고 즐거워 웃는 나에게
아내는 머리 가로젓는다, 멸치똥도 과분하다는
경고!

시인의 견적

조경석 선배 이름 검색하면 조경석, 정원조경석,
인조조경석, 자연조경석 추천검색어 이어지는데
그가 등단한 뒤 검색하면 시인조경석 나오는데
누가 전화 걸어와 정중한 목소리로 물었다는데
시인조경석은 어떻게 꾸미는 정원인지
참 서정적일 거라며 견적 물어보았다는데
시인의 견적이 얼마인지 아직 고민하고 있다는데
내 시인의 견적은 얼마짜리인지 설핏 궁금해지는데.

양주공원 주변

양주공원에 주소 두고 사는 비둘기들 있다

새벽 일찍 일어나 일, 삼, 오… 공원 밖으로

밥 먹으러 나간다, 날지 않고 종종종 걸어

신도시 상가 주변마다 부리를 박는다

비둘기 걸어가는 그 곁 인력시장 새벽밥 거른 채

호명을 기다리는 사람들 무리지어 서 있다

매화축제 꽃 잔치 알리는 현수막 배경으로.

묘묘촙촙한 밤

동쪽으로 은숟가락 꽂힌 젊은 아비의 마흔세 번째 젯밥

그 젯밥 숭늉에 마는 열 살부터 부선망독자父先亡 獨子인 설늙은이에게

잘 먹고 가네, 어깨 툭 치고 가는 저승에서 오는 말씀

이승의 경계를 흔들며 은숟갈 가득 묘묘촙촙하게 전해오는

음력 삼월 스무사흘, 아버지 아버지.

제주 감귤과 싸우다

제주 감귤 한 알 한 알 짐승이 될 때 있다
한라산 폭설경보 속에 노란 껍질로 무장해 맛을 만들 때
감귤은 맹금류의 동물이 된다
자신의 비밀인 독을 지키기 위해
갑옷 입고 공격하는 사막전갈이 그러하듯
제 속 지키고 싶은, 껍질 지닌 것은 모두 진짜다
산록도로에 폭설 내리고
눈 덮인 윗세오름을 날개로 펼쳐
으르렁으르렁 공격하는 작은 감귤 한 알과 싸우며
나는 자꾸 손가락을 물려 금색 피 흘린다

붉어, 먼나무
―고 정군칠 시인을 생각하며

멀다는 것, 서귀포에선 붉은 색깔이다

내게 멀다는 거리, 알알이 붉어

겨울 서귀포 먼나무 열매 붉게 익어

서귀포 바당처럼 잴 수 없이 깊어졌다

내게 먼나무를 가르쳐 준 시인

이승에서 마지막 작별인 듯 저기 손 흔들고 섰다

서귀포에서 사랑한다는 것

그 마지막엔 서쪽으로 돌아가는 일

돌아보는 언덕배기에 섬으로 둥둥 떠가는

먼─, 붉어 먼, 먼나무.

종고모

할아버지 뒤를 따라 어깃어깃 양산 집안 모임에 가면

어린 내 이름 다정히 불러주던 종고모, 종고모부

아비 없이 자란 조카 머리 쓰다듬어주던 아버지의 사촌누이들

꾸벅, 꾸벅 목인사만 하다 쉰 고개 넘어버린 지 오랜데

이름 몰라 한 번 불러드린 적 없이 세상 떠나신 종고모 상에 가서 절한다

살아 내 큰절 한 번 받지 못하고 죽어 바쁜 절 두 번 받고 떠나간

연일延日정씨 같은 피를 나눠 받았던 종고모

사랑은 내리사랑인데 횡橫의 고모 자리보다 먼 종縱의 가계도,

　종고모.

다시, 월영동 449번지

사랑과 이별, 열정과 추억 사이

당신은 누구신가?

넓고 푸른 손바닥 펼치고 종일 서 있다

오동꽃 피었다 떨어진 잠시 사이

코끝엔 꽃향기 아련히 남았는데

누군가 혁명의 늙은 주소를 묻는다

월영동 그 빛바랜 골목길 내 마음 묻은 곳

이제 새 길 새 주소 생겨 흔적조차 없다

바람 분다, 잎새가 여름 쪽으로 흔들린다

왈칵 그 틈새로 빛이 쏟아진다, 다행이다

내 덧난 상처에 오동열매 가득하다.

핸드크림

동북행으로 떠나는 시외버스터미널 설핏설핏 진눈깨비 뿌리는 이른 새벽 첫차 기다리는 중늙은이 남자 단단한 중키에 꽁지머리, 몸은 굵어 남루한 군청색 점퍼가 찢어질 듯 팽팽하다

배웅하는 여자는 남자의 머리 하나 더한 큰 키다 마스크로 얼굴 가렸지만 마마로 얽었다 사랑으로 불러주기에 어울리지 않는 조합 같다고 생각했다 버스 출발시간 가까워지자 마주 보고선 안타까운 듯 눈빛 깊어져 서로를 담기 바쁘다

남자와 여자 사이 이별의 침묵이 흐른다 그때! 여자가 생각난 듯 핸드크림 꺼낸다 자신의 손바닥에 듬뿍 짜서 남자의 손등에 골고루 바른다 북쪽에 대설주의보 내렸다는 경보 뜨고 여자의 저 절실함이 남자의 눈물을 만든다

젊어서 나는 화려한 사랑의 운명론자였다 육십 고

개 오르며 배운다 세기의 사랑만 사랑 아니다 운명
의 사랑만 사랑 아니다 터져서 갈라진 남자의 저 손
에 전해지는 핸드크림 하나만으로도 이 또한 뜨거운
사랑이니.

기차가 온다
— 구모룡 형에게

　그곳 외딴 역*, 4월의 진해 경화역으로 만개한 벚꽃군단 이끌고 기차가 온다

　내 젊은 시인의 날, 조국으로 가기 위해 밤새 기다렸지만 기차는 오지 않았다

　진해역에서 창원역으로 이어지던 진해선, 여든여덟 해 공식 노정 또한 끝나버렸는데

　진해군항제 벚꽃잔치 기념사진 한 장 찍기 위해 기다리는 21세기 인파 사이 녹슨 철로 위로

　한순간 섬광 플래시를 위해 관광기차가 꺼이꺼이 껙껙 늙은 혁명가처럼 울며 온다

　이제 우리 젊은 날의 혁명처럼 조국으로, 유라시아로 이어지는 기찻길은 없다

벗이여, 우리의 뜨겁던 복무기록은 사라진 경화역사 아래 묘비 없이 묻혔는가

　벗이여, 슬픔 없이 박수 없이 벚꽃 밀며 온다 저기, 기차가 온다.

* 필자의 첫 시집 『바다가 보이는 교실』(창비, 1987)에 수록된 시 「가을 驛숨에서-구모룡 형에게」의 30년 후편입니다.

낡은 여행가방
─시애틀의 강재석에게

우리 나이쯤 인생은 낡은 여행 가방 같지, 가방 밖은 지나온 항구나 공항의 바코드들이 영광과 추억의 이름표로 닥지닥지 붙어 있고, 가방 안은 여기저기 녹슬거나 부서져버린 우리 몸의 현주소 같지

처음 짐을 싸던 단단한 사각 여행가방을 기억해, 그때 여행가방을 꾸리는 일은 기대보다 두려움이 컸었지, 그 두려움에 가방이 폭발해버릴 듯했지만 이제는 아무런 감정이 일지 않아 무심히 몇 개의 일상을 챙겨 갔다가 지쳐서 돌아오지

여행가방을 가득 채우던 젊은 욕심에서 미련 없이 비우는 지천명의 이 허허로움까지, 그것이 우리의 인생을 아날로그로 잰 거리겠지, 돌아오기 위해 여행가방 싸던 세월 역시 오래된 관습으로 낡아버렸으니 다시 여행가방을 꾸린다면, 그땐 인생이라는 낡은 여행가방 하나로 행복할 거야

그 낡은 가방 속 옛 상처 탈탈 털어 다 비우고, 작은 진공관 라디오, 공책과 연필, 편지와 그 편지가 닿을 주소, 참, 자네에게 줄 시집 한 권, 그것만으로 만족하리, 나는 그 낡은 여행가방을 들고 시애틀행 비행기에 오르겠네

　그렇다고 서둘러 기다리지 말게, 푸른 지구별의 아름다운 여행자처럼 느릿느릿 즐거워진 나는 스타벅 1호점에 앉아 캡틴 에이허브의 안부를 묻다가, 잊지 않고 그대에게 카페 아메리카노 한잔 어떠냐고 전화할 것이니, 우리 또 그렇게 유쾌하게 조우할 것이니.

피니스테레 Finisterrae 에서 지다

해지는 서쪽 곶에 와서 타고 온 흰 낙타를 불태운다

불에 타며 낙타가 아프게 운다
불투명한 방언이었던 낙타의 울음소리가
자음 모음 정확한 신화의 재로 남아 날린다

울산 간절곶에서 뜬 유라시아 대륙 첫 해를 모시고
떠나
여기 세상의 땅끝, 이베리아 반도 피니스테레 곶
에서
유라시아 대륙 마지막 해를 바다로 돌려보낸다

용서하라 대선지자여, 나는 태어나면서부터 이교
도였다
내 조상의 옛터는 연오랑이 해를 가지고 왜로 떠나
버린 연일延日
신라 유민으로 그 피 물려받았을 때부터
해는 나의 종교, 나의 숭앙

나는 나의 해를 끌고 서쪽으로 떠나고 싶었다
아시아의 일출에서 유럽의 일몰까지 유라시아 대륙을
나의 해를 끌고서 유랑하고 싶었다

피니스테레로 내가 풀어놓은 해가 진다
선홍빛 해가 이곳 바다를 한 점 티 없이 적신다

순례자여 저 붉은 명주로 옷을 만들어 입고
그대들은 맨발로 산티아고로 돌아가라

오래지 않아 소금바람에 덮일 밤이 올 것이니
이 밤 내내 나는 소리 죽여 피울음 울 것이니
나는 이것으로 내 길의 문장을 지운다

흰 낙타에 흰 피로 기록한 나의 노래 타버렸으니
누구든 나의 길을 지도로 남기지 마라

그것은 깨고 나면 허망한 꿈같은 것

내일이면 내일의 해를 끌고
또 누군가 흰 낙타를 타고 터벅터벅 찾아올 것이다.

그리운 동쪽

나는 이 숲에 잘못 날아든 불안한 맹금猛禽이었네
나를 길들일 응사鷹師의 휘파람 소리 듣지 못했네
하룻밤 편히 깃들 나무 또한 없었네, 허공 움켜쥐고
피 흘리며 싸우다 독야청청하던 발톱 다 빠져버
렸네
작은 바람에 두려워 쪼다 보니 부리마저 다 깨져버
렸네
이미 새 발톱 새 부리 돋는 환골탈태는 불가능한 몸
이어서
바람에 맞서 마지막처럼 솟구쳐 바라보는 그리운
동쪽
솥발산 아래 작은 오두막이여, 아내의 무성한 산수유
나무여
작은 새가 더 작은 제 새끼 기르는 내 우편함이여
돌아가면 다시 돌아보지 않으리, 시인으로 늙어 죽
으리.

보다나트 스투파* 가는 길

　보다나트 스투파 찾아가다 길 잃었다, 오래 걸어 다닌 익숙한 길인데

　길 잃고 돌아서면 히말라야 아득한 빙벽 끝에 혼자 매달려 있다

　산소가 희박하여 숨이 막힌다 폐에 물이 가득 차올라 고통으로 혼미해진다

　분명 저기쯤 나팔꽃 피어 반기던 길인데

　마니차 돌리고 그 탑 위 가부좌로 앉으면 설산 연봉 연꽃으로 피어올랐는데

　여기가 어딘가, 깨어나면 몸이 흠뻑 젖는 꿈이다

　아니다 꿈을 깨면 지진으로 매몰되고 있는 서쪽은 더한 악몽이다

* 네팔에 있는 가장 큰 불탑.
네팔 지진으로 큰 피해를 입었다.

보다나트 스투파 가던 내 구원의 길마저 사라진 것일까

다시 가야겠다, 가서 은현리 나팔꽃 꽃씨 받아 뿌려야겠다

인연의 오체투지로 단단한 새 길 내야겠다.

돌아 간다면
― 묵천默泉에게

 남쪽 창 활짝 열고 아궁이에 거미줄 걷고 불 지피리

 오래된 라디오 틀어 즐겨 듣던 저녁 주파수 맞추리

 개봉하지 못한 책들 꺼내 한 줄 한 줄 소리 내어 읽
으리

 그리울 거라고? 염소 몰고 바다에 나가 고래의 등
을 타리

 사는 일에 목마르면 묵천默泉의 물 받아와 차 달
이리

 그 찻잔 속의 나와 동무하며 밤새워 시경 다시 읽
으리

 벗이여, 누군가 내 근황을 물으면 귀소 알지 못한
다고

풍문에 겨울 배추에 숨은 한 마리 배추벌레 되었
다고

　댓거리 통술집 안주 삼아 탈탈 털어 꼭꼭 씹어주
시압.

마침표

시인이 제 피 찍어 시 한 편 쓰지만
마침표는 죄의식처럼 찍어야 한다

이 시가 끝났다는 시의 마침표는 되겠지만
그건 시인의 마침표가 되어서는 안 된다

시는 시인과 함께 살아 있는 생물이어서
시인의 눈물로 고쳐지고 또 고쳐지며 시는 살아 있
어야 한다

시인이 죽으면 마지막 마침표가 찍힐 것이라고
그 시 모두 죽을 것이라고 그대 쉽게 예단하지 마라

그땐 시인은 시의 마침표를 모두 풀어줘야 할 것
이다
그리하여 시를 영원히 자유롭게 살게 해야 할 것
이다.

해설

서정의 궁극

구모룡(문학평론가)

1. 1980년대와 새로운 서정

돌이켜보면 정일근 형을 만난 것은 행운이었다. 내가 정일근 형을 만난 것은 1986년 벽두다. 마침 최영철 형이 신춘문예에 당선되고 그 전 해에 같은 신문으로 나온 정일근 형이 부산으로 와서 자리를 만든 것이다. 이 자리에서 '부산 경남 젊은 시인회의'를 기획하였으니 정 형의 앞서 가는 기획력과 추진력은 타의 추종을 불허한다. '부산경남시인회의'는 내년에 30주년을 맞는다. 우리는 기억이 스며든 장소, 진해의 '흑백다방'에서 30주년을 맞을 준비도 하고 있다. 1986년의 봄, 벚꽃 분분 날리던 진해의 풍경은 영원히 잊을 수 없다. 그 역시 당시의 감회를 「가을 驛舍에서」(『바다가 보이는 교실』, 창비, 1987)로 써 두었고 다시 「기차가 온다」로 되새기고 있다. 우리들이 만났던 '경화역'을 오가던 '진해선' 기차는 멈췄지만 해가 바뀌어도 만개한 4월의 벚꽃은 여전하다. 그러나 30여 년의 세월이 지나 그 뜨겁던 "복무기록"은 사라지고 "슬픔 없이 박수 없이 벚꽃을 밀며" "진해군항제 벚꽃잔치 기념사진 한 장 찍기 위해 기다리는 21세기 인파 사이 녹슨 철로 위로" "관광기차가 꺼이꺼이 껵껵 늙은 혁명가처럼 울며" 올 뿐이다. '푸른 서정', '새로운 서정'은 그저 20세기말의 환각이었을까? 폭압적인 시대에 우리들이 꿈꾼 '그리운 그 나라'는 어디에 있는가? 과연 "새로운 서정"의 시효가 끝났는가? 그가 '시인 서른 해를 보내고 나서' 내는 '12번째 시집'이 던지는 질문이다.

최영철 형은 근래 정일근 형과 나와 만나 나눈 환담 자리에서 우리 세 사람을 "역할의 균형을 갖춘 멋진 관계"라 하였다. 정일근 형이 앞서고 그 뒤를 최영철 형이 받치면서 나도 함께 지역문학 담론을 생산하는 계기를 얻었는데 이처럼 안정된 삼각구도를 형성했던 것이다. 우리 세 사람이 문학현장에서 활동한 무대는 무크지이다. 등단으로 치면 내가 조금 빨랐으나 실제로 본격적인 활동은 세 사람 모두 1984년에 시작한다. 정일근은 무크지 『실천문학』, 최영철과 나는 무크지 『지평』을 통해 문학 장에서 자신의 위치를 찾는다. 그러나 1986년 역사적인 봄날에 우리 세 사람이 부산과 경남에서 본격적인 지역문학운동을 할 수 있게 된 것이다. 1986년 4월 5일 진해 우일예식장에서 열린 '경남 부산 젊은 문학권의 길트기를 위한 젊은시인회의'는 최영철 형도 지적한 바 있듯이 '문학사적인 사건'으로 기록해도 좋을 것이라 생각한다. 30여 명의 부산과 경남의 시인들이 한자리에 모여 시대와 시인의 책무를 토론한 것은 '전무후무한' 일이다. 나는 이 자리에서 구체적인 지역 모순을 통하여 우리의 현실을 이해하고 타개하자는 내용을 담은, 「지역문학운동의 과제와 방향」을 발표하였는데 이 글에 담긴 논리가 내 비평의 밑자리가 되었다. 최영철 형과 정일근 형이 내세운 '신서정' 혹은 '새로운 서정'의 지향도 구체적인 삶을 통하여 희망을 노래하자는 취지를 담고 있다. 1970년대의 김지하, 조태일 그리고 『반시』 동인들에게서 자양

분을 얻어 1980년대 시학의 이념이 된 것이 '새로운 서정'이 아닌가 한다. 그리고 이것이 하나의 큰 흐름이 되어 지역문학운동으로 나타났다. 강영환, 김태수, 정일근, 최영철, 이월춘, 우무석, 김종우, 서영호, 안성길, 조성래, 최규장, 신용길, 성기각, 성선경, 박병출, 최원준 등은 '부산 경남 젊은 시인회의'의 주요 구성원들이다. 이들은 부산, 진해, 마산, 김해, 삼천포, 통영, 진주 등지를 순회하면서 노동자의 고통, 교육 현실, 농민의 소외, 공해와 도시문제 등을 주제로 시를 쓰고 토론하였다. 무크지 『지평』은 시선집을 발간하는 등 여러 형태로 '부산 경남 젊은 시인회의'를 매개하였다. 1986년 '자유실천문인협의회'가 '지역문학위원회'를 둔 배경에 '부산 경남 젊은 시인회의'와 무크지 『지평』 등의 지역문학운동이 자리하고 있음이 사실이다. 아울러 '부산 경남 젊은 시인회의'의 제안에 의하여 '영호남문학인대회'가 개최될 수 있었음을 기억한다.

　1980년대의 '새로운 서정'은 세상을 바꾸자는 시인의 꿈과 희망을 담고 있다. 정일근 시인은 '새로운 서정'을 시대에 대한 복무라고 회고한다. 그러니까 군부 독재가 지속되었다면 새로운 서정이 지닌 혁명적 낭만주의를 지속할 수밖에 없었다는 말이다. 최영철 시인은 정일근 시인을 두고 '생래적인' 서정시인이라고 한다. 그만큼 그의 시가 자연스런 감성을 발화한다는 것인데 그의 시에서 그리움의 정서는 시적 기저를 형성하며, 시적 대상을 끌어당기거나 새로운 대상으로 이월하는 과정을 순조롭게 한다. 나는 농담처럼 두 시인을 '새로운 서정'의 우파와 좌파라고 한 바 있다. 그렇다고 보수와 진보라는 것은 아니다. 그 지향이 같고 다름을 과장한 표현인데 자아로부터 벗어나 타자와 세계를 향한 열림이라는 지향이 유사하다면 구체적이고 범속한 것을 거머쥐고 삶의 비의를 깨우치는 최영철 시인이 좌파라면 장소의 혼과 영혼의 울림을 고요한 가락으로 전하는 정일근 시인이 우파라는 것이다. 『바다가 보이는 교실』(정일근)과 『아직도 쭈그리고 앉은 사람이 있다』(최영철)라는 첫 시집 표제의 차이만큼 이들은, '새로운 서정'이라는 울타리 안에서 상호 길항

하며, 변함없는 우의를 견지해왔다.

2. 토포스와 움직이는 시

　정일근 시인은 자신의 시쓰기를 '움직이는 시'라는 개념으로 설명한다. 먼저 1990년대 이후의 서정이 본디 회귀가 아니라는 것이다. 시대적 복무를 끝내고 시의 고향으로 돌아가긴 했으나 '서정의 무게나 질량이 바뀌었다'는 것이다. 첫 시집 『바다가 보이는 교실』은 등단 시기와 진해 남중학교에 재직하던 시절의 시가 대부분이다. 이 시기 그는 안도현 시인과 더불어 교육시에 열의를 보인다. 그러다 부산으로 직장을 옮기게 되면서 희망의 원리를 서정으로 노래하던 초기시는 구체적인 장소와 사물을 시적 대상으로 삼는 경향으로 옮아가게 된다. 특히 토포스의 이동은 정일근의 시적 과정을 설명하는 데 매우 요긴하다. 부산에서 울산으로 가면서 그는 도회가 아니라 울산에서 가까운 곳에 자리한 '경주 남산'에 더 많은 관심을 갖게 된다.

『삼국유사』를 거듭 읽으면서 신라와 향가를 상상한 것이다. 그에게 남산은 "한 척의 배"로 비유된다. 시인은 "경주 남산은 한 척의 배다, 미륵의 나라로 가는 배다"라고 말한다. 그러니까 "그리운 그 나라"가 "미륵의 나라"로 변주되고 있는 것이다. 남산이라는 토포스는 정일근 시인의 시세계에서 가장 중요한 고갯마루가 아닌가 한다. 그가 남산을 오르내린 것은 주간과 야간을 합하여 300회가 넘는다. 그리고 남산에 대한 시를 만 매 이상 썼다고 한다. 『경주 남산』(문학동네, 2004)에 20여 편이 실려 있고 70여 편이 또 다른 시집을 기다리고 있다. 그에게 불교적 상상력은 남산이라는 토포스를 매개로 구체적인 이미지를 얻으면서 발현된다. 시인은 또 다시 남산을 "내가 탈출할 수 있는 비상구이자 나를 가르치는 도량"이라고 그 의미를 부여한다. 불교가 모태 신앙인 시인이기에 불교는 감수성을 확장하고 심화하는 일상적 수행의 과정에 다름이 없다. 진해로부터 부산을 거쳐 울산으로, 경주로 이동하면서 그는 서정적 자아의 심연을 찾아 나서게 된 것이다. 이처럼 '움직이는 시'는 구체적인 장소가 매개되는 배회와 순례의 과정을 내포한다.

> 첨성대 앞 나무의자에 앉아 있다 비단벌레차를 기다린다 온다는 시간 지났다 나는 매표원에게 항의하지 않는다 이렇게 기다려본 지 오래다 기다리는 동안 계림의 황금 가을이 나에게 온다 아름다운 호사다 비단벌레차가 천년 전에 출발했든 천년 후에 도착하든 조급하지 마라 신라가 나에게 오는 데 천년이 걸렸다 오늘 내게 중요한 것은 너를 기다리는 일 내 손에 탑승권이 있으니 만족한다 비단벌레차가 오고 있나 보다 황남동 쪽 어디에서 푸른 사랑의 섬광 번쩍하며 눈부처로 내려앉는다.
>
> ─「비단벌레차를 기다리며─경주 남산」, 전문

시인은 "푸른 사랑의 섬광"이 최동호 시인의 「불꽃 비단벌레의 사랑」에서 차용한 구절이라 명시하고 있다. 경주 관광용 전기차인 "비단벌레차"를 매개로 최동호 시인의 시에 대한 오마주를 드러낸 대목이다. 물론 이것이 이 시의 의도는 아니다. 기다림과 다가오는 것들, 그리고 저 너머 세계에 대한 근원적인 그리움 등을 말하고자 한다. 그리고 "눈부처"가 뜻하듯이 "계림의 황금 가을" 혹은 "신라"라는 피안이 내 안에 있음을 지각한다. 놀라운 비약이 발현되는 대목이다. 그러니까 '경주 남산'은 구체적인 장소이면서 경계를 넘나드는 공간이다. 그것은 불어오는 바람처럼 시인의 의지와 만나 본성의 변화를 수반하는 시적 의례를 가능하게 한다. "비단벌레차"와 "눈부처" 사이에서 기원에의 향수는 미래의 삶에 대한 예감으로 번진다. "눈부처"는 이러한 예감의 이미지이며 달리 "푸른 사랑의 섬광"으로 읽힌다. '경주 남산'은 그의 말처럼 설화와 현실을 넘나드는 깨달음의 '도량'이다. '남산'이라는 토포스는 시인의 의지와 피안의 부름이 사랑의 충족감으로 현현되는 시적 공간인 것이다.

정일근 시인은 한때 경주 남산에 살려고 사람의 번뇌를 암시하는 108평의 땅을 산 적이 있다고 한다. 소설가 강석경이 경주에 살면서 경주 이야기를 서술하고 있듯이 그 또한 경주에 살면서 그것을 시로 노래하려 했다. 하지만 그는 시가 하나의 역에 오래 머무는 것을 원하지 않는다. '경주 남산과 삼국유사를 지나서 울산의 고래를 만나게 된 것'이다. '고래'에 대한 시적 탐구의 열정도 '남산'에 못지않다. 후자가 자아를 넘어 영혼을 인식하는 수행의 과정이라면 전자는 생명의 숭고에 대한 경의와 그것을 지키려는 운동이라 할 수 있다. 물론 '남산'이 그러했듯 '고래'도 시원에 대한 그리움과 연관된다. 그 단초가 된 것은 '반구대 암각화'이다. 시인이 '고래'를 노래한 것은 20년이 넘는다. 그에게 지금 고래는 시이자 실천운동이다. 그는 '고래'를 유토피아의 표상으로 생각한다. 이 또한 초기시가 말한 "그리운 그 나라"의 변주가 아니겠는가. 시인은 정현종 시인의 「섬」을 변용하여 "사람과 사람 사이에 고래가 있다//사람이 사람에게 겨누는 작살이 그 뒤에 숨어 있다(「바다에서 사람의 자리」)"고 진술한다. 인간의 공격성과 사회의 구조적인 폭력을

넘어서 진정한 화해와 평화를 갈망하는 역설을 담는
다. 그는 '고래'의 이미지에서 숭고한 아름다움을 찾
고 있다.

> 52Hz 가장 높은 주파수로 노래한다는 것은
> 고래의 가장 아름다운 노래인데
>
> 바다 깊은 곳에서 하늘 높은 곳까지 전하는
> 바다의 기도인데
>
> 가장 외롭다는 것은 가장 빛난다는 것인데
>
> 외롭다는, 사람의 그 오만한 형용사를 용서하라
>
> 거룩한 바다의 사제여
> 사람의 죄, 바다에 알리고 그 벌, 하늘에 고하라
>
> 마침내 사람만이 외롭게 죽어갈 것이라 예언하는데

보지 못하고 듣지 못하는 것 또한 사람뿐인데.

—「고래, 52」, 전문

　"52"라 불리는 고래 이야기를 담고 있다. '세상에서 가장 외롭다고 불리는 이 고래를 아직 만난 사람은 없다'고 한다. 시인은 이 "고래의 가장 아름다운 노래"를 '바다의 기도'라 생각한다. 그리고 이 고래를 가장 외롭게 빛나는 존재이자 "거룩한 바다의 사제"라 여긴다. 이처럼 "52"는 인간의 한계와 무지 그리고 오만을 비추는 숭고의 표상이다. 그런데 시인은 이러한 고래를 그의 시(poetry)라고 말한다. 무슨 뜻일까? 그것은 시가 인간의 근원적인 결핍과 결함을 아는 과정이라는 의미가 아닐까? 시인의 문학에서 고래는 여전히 심연의 바다 속에 있다. 그는 이제 "고래를 바다로 보내고 은현리로 왔다"고 한다. 울주군 웅촌면의 은현리는 정일근 시인의 거소가 있는 장소이다. 시인은 이곳에서 인간의 불완전한 조건을 묵상하면서 땅 위의 존재에 대한 무한한 긍정을 이끌어낸다.

접시꽃이 걸어간다. 좋은 봄날 다 보내고 걸어간다. 낮이 길어지고 해가 뜨거워질수록 제 꽃망울 속 열락의 꽃 차례차례 피워 올리며 걸어간다. 나무는 나무의 걸음걸이로 꽃은 꽃의 걸음걸이로 걸어가는 은현리 유월, 꽃 한 송이 피운 뒤에 또 한 송이 피우며 접시꽃이 걸어간다. 색색 양산 펴고 나들이 가듯 걸어간다. 느릿느릿 걷지만 저 뜨거운 속도, 사람이 숨어드는 그늘의 길 아니라 작열하는 햇살 속 불타는 길로 접시꽃이 걸어간다.

─「접시꽃이 걸어간다」, 전문

"은현리"는 시인의 거소가 있는 장소이다. 이곳에서 시인은 땅 위의 모든 생명과 더불어 살아간다. 시가 끝나면서 마침표가 나타나는 여타의 시편과 달리 이 시에는 매 문장마다 마침표가 있다. 그리고 모든 문장은 "걸어간다"라는 구로 반복된다. 끊어지듯 이어지면서 상승하고 하강하는 리듬을 만들고 이러한 리듬에

상응하는 이미지들을 그려내기 위한 것이다. 이를 통해 시인은 "접시꽃"이라는 하나의 대상을 통하여 끊임없이 생동하는 생명의 강렬한 활력을 부각한다. 여기에다 "사람이 숨어드는 그늘의 길"이라는 대목이 더해지면서 삶과 죽음을 한꺼번에 껴안는 거대한 생명의 긍정하는 힘을 노래하는 것이다. 이를 두고 「우수서 경칩까지」는 "어느 땅 한줌이든 버리지 않는/은현리의 가르침"이라고 한다. 지금 시인은 이러한 은현리에서 마산 월영동에 있는 직장을 오간다. 「다시, 월영동 449번지」가 말하고 있듯이 "월영동 그 빛바랜 골목길 내 마음 묻은 곳"을 기억하면서 "사랑과 이별, 열정과 추억 사이/당신은 누구인가?"라고 묻는다. 추억과 예감의 행로를 지속하고 있는 것이다. "내 경우는 움직였을 때 시를 만납니다. 2000년에 에베레스트를 가고 2008년엔 동티모르 홍보대사로도 갔다 왔어요"라고 시인은 말한다. 「보다나트 스투파 가는 길」의 경우처럼 시인은 먼 히말라야에서 은현리를 생각하면서 시의 "단단한 새 길"을 생성하려 한다. 토포스와 움직이

는 시라는 개념들이 정일근 시인의 새로운 서정의 진
폭을 넓히고 심화해온 것이다.

3. 서정의 미궁, 궁극의 서정

　정일근 시인은 10구체 향가를 시의 원형이자 이상
으로 생각하고 있다. '짧은 시 운동'을 전개한 바 있는
그는 시가 노래가 되고 암송되기를 기대한다. 그러나
노래가 시는 아니다. 뛰어난 시는 노래가 되기 쉽지 않
다. 노래가 되는 시는 쉽거나 낮은 수준일 경우가 많
다. 그래서 시인은 김종삼 시인의 시처럼 다섯 행 내외
로 묵직하게 다가오는 시에 대한 의욕을 숨기지 않는
다. 시조시인이기도 한 그는 리듬의 창출에 많은 관심
을 갖고 있다. 시가 단지 시행을 구분하는 데 그치는
것이 아니고 생의 느낌(feeling)을 개성적인 리듬의 형
식으로 생성하는 것이라면 시의 리듬 회복은 매우 중
요한 사안이 아닌가 한다.

쇠숟가락으로 온기 먼저 담겨 오는 민물새우뭇국 받아들고
　　남루한 가족 모여 따뜻하게 먹는 저녁이 있었다

　　여흘여흘 흘러가던 저녁강 깊어지며 비로소 잠드는데

　　기다릴 사람 돌아올 사람 없지만
　　바람길 따라 에두른 돌담 위로 노란 등불 맑게 켜지는 밤이 있었다.

—「수세미꽃이 있는 풍경」, 전문

　이러한 시에서 가장 주목되는 것은 이미지와 리듬이다. 삶에 대한 시인의 태도와 느낌이 생생한 리듬을 생성하고 살아 있는 이미지를 형성한다. "온기"와 "등불"은 이 시를 통어하는 공감각이다. 남루하지만 모여 따뜻하게 저녁을 먹는 가족의 풍경은 수채화처럼 은은하게 번져난다. 이들 가족의 삶과 집 앞을 흐르는 강

은 이어져 있다. 강물이 깊어지며 이들도 잠이 든다. 그 밤에 수세미꽃이 노란 등불로 피어난다. 공간이 넓어졌다 다시 좁아지면서 시간 또한 고요하게 흐른다. 이러한 시공간의 이미지들은 다른 의미에 봉사하는 매개물이 아니다. 이 시의 이미지들은 서로 유기적으로 연결되면서 현현된다. 그러니까 이러한 이미지들은 관념에 의해 걸러진 것이 아니라 시인의 경험이 현시한 것, 수단이 아니라 그 자체가 의미이다.「물의 뺨을 쳤다」를 통해 알 수 있듯이 시인은 법(法)과 율(律)을 실재의 경험으로 받아들인다. 모든 사물들이 생명의 연쇄로 연결되어 법도를 따라 움직이고 있다는, 불교의 연기론과 흡사한 생각을 지니고 있는 것이다. 그렇기 때문에「꽃밥」은 "양산 상북면 신전리 천연기념물 이팝나무꽃 가지가지 그득그득 피우시는 이유는// 내가 올해 꽃 피웠으니 자네 부부 한 번 다녀가시라는 것, 와서 꽃밥 배부르게 자시고 가시라는 것//노거수 꽃 피워 청하는 오래된, 아름다운 약속."이라고 진술한다. 이러한 시를 두고 의인화라고 해석하는 것은 틀

렸다. 시인은 자연 사물들이 갖는 상호관련의 관계를 말한다. 하나가 다른 하나의 원인이라는 것이 아니라 각각의 움직임들이 서로 영향을 주고받으면서 교감하고 교응한다는 것이다.

꽃 날리는 저녁이다 통점이 스르르

스르르르 등 뒤로 와 꽃뱀으로 꽉 문다

꽃 피기 전부터 이 악물고 참았던 내 궁극이

하얀 비단으로 풀린다 꽃 피는 날에

오지 못해 미안하다 이제 내 추억의 실마리는

부축 없이 처음에 닿지 못한다

발바닥의 궁륭이 서서히 그믐으로 가고 있다

내 처지보다 누가 먼저 울고 갔는지

꽃나무는 바다, 진해바다를 향해 서 있다

사부작사부작 그믐치 오신다.

—「그믐치」, 전문

　"그믐치"는 음력 그믐께에 내리는 비나 눈을 말한다. 시 속의 정황에 비출 때 시인은 꽃 지는 그믐에 내리는 비를 노래하고 있다. 그런데 이 시에서 내가 가장 주목하는 것은 "궁극"이라는 단어다. 시인이 서정의 궁극을 말하고 있는 것이 아닌가 하는 생각이 든다. 시의 기본 내용은 꽃 지는 진해에 와 느낀 시인의 감회에 지나지 않는다. 그렇지만 "통점", "내 궁극", "추억의 실마리", "발바닥의 궁륭", "그믐치"로 이어지는 시의 흐름이 만만치 않다. 고통과 상처를 경험하면서 시인은 바깥을 통하여 안을 들여다보는 공감의 지평을 확대한다. 그믐밤 꽃잎 날리고 비 내리는 풍경을 이토록 그윽하게 진술한 데서 서정의 깊이를 느끼지 않을 수 없다. 서정은 하나의 지향이 아니며 여러 다양한 지향을 지닌다. 한 시인에게조차 그것은 "미궁"과도 같이 고통스런 교차로를 방황하게 한다. 그리고 이러한 고통의 미궁을 통과한 시인에게 궁극의 서정이 눈짓을 던지는 것이다. 정일근 시인의 서정은 자아의 고통을 경유하고 존재의 미로를 배회하면서 영혼의 삶을 인식하는 데 이르렀다. 그렇기 때문에 「아, 시다 시」가 진술하듯이 잘 익지 않은 양앵두를 먹으면서 중얼거리는 어머니의 말씀이 시가 되기도 하고 "내 피에 깊이 새긴 물무늬"(「지나간다는 것」에서)와 같이 무거운 추억이나 "밤하늘에 반짝이는 시인의 루별"(「별이름 루婁에 대하여」에서)과 같이 초월적인 대상도 시가 되는 것이다. 시인은 말한다. "시의 길은 또 얼마나 먼 길인가 첫 문장에서 마침표까지 쉬지 않고 달려가야 하는 길", "자갈밭에 제 몸 굴려가며 시의 뼈를 깎아야 한다"(「별이름 루婁에 대하여」에서)라고. 그러므로 모든 시는 "미궁의 시"(「미궁의 시詩」에서)이고 "미궁에서 찾아온 시"(「미궁에서 찾아온 시詩」에서)이다.

히말라야 설산 높은 곳에서 흘러내리는 물을 받아

물속에 숨어 있는 소금을 받아내는 평생 노역이 있다

소금이 무한량으로 넘치는 세상

소금을 신이 내려주는 생명의 선물로 받아

소금을 순금보다 소중하게 모시며

자신의 당나귀와 평등하게 나눠 먹는 사람이 있다.
　　　　　　　　　　　　　　　　　　—「소금 성자」, 전문

이 시인의 주인공과 그가 받아내는 소금을 각각 시인과 시로 읽어도 무방할 것이라 생각한다. 이처럼 정일근 시인은 시인의 수행성을 중요하게 생각한다. 또한 그는 한 편의 시에 이르는 과정의 성실성이 "소금"과 같이 읽는 이에게 스며들 것이라 믿는다. "시인이 제 피 찍어 시 한 편 쓰지만/마침표는 죄의식처럼 찍어야 한다", "시는 시인과 함께 살아 있는 생물이어서/시인의 눈물로 고쳐지고 또 고쳐지며 시는 살아 있어야 한다"(「마침표」에서). 단지 낭만적 시인이 말하는 시와 시인의 연속성에 그치는 말이 아니다. 시가 하나의 형식이 아니라 한 사람의 시인이 치열하게 삶과 만나는 과정임을 웅변하면서 이렇게 쓰인 시가 읽는 사람들 속에 살아 있을 것임을 말하고 있는 것이다. 정일근 시인은 삶의 미궁에서 궁극의 시를 말하고자 한다. 아울러 이렇게 쓰인 한 편 한 편의 시를 통하여 읽는 이와 더불어 시적인 상태를 지속하기를 갈망한다. 그는 그의 시가 무감각과 추상화로 마모되어 죽어가는 현대적인 삶을 소생하는 활력으로 자리하기를 원한다. 이러한 점에서 처음부터 그가 내세운 '새로운 서정' 운동은 여전히 유효하며, 빛바래지 않는 역사적 의의를 여

전하게 지니고 있는 것이다.

소금 성자

초판 1쇄 발행 2015년 9월 22일
개정판 1쇄 발행 2023년 6월 12일

지은이 정일근
펴낸이 강수걸
기획실장 이수현
편집장 권경옥
편집 강나래 신지은 오해은 이선화 이소영 이혜정 김소원
디자인 권문경 조은비
펴낸곳 산지니
등록 2005년 2월 7일 제333-3370000251002005000001호
주소 부산시 해운대구 수영강변대로 140 BCC 613호
전화 051-504-7070 | 팩스 051-507-7543
홈페이지 www.sanzinibook.com
전자우편 sanzini@sanzinibook.com
블로그 http://sanzinibook.tistory.com

ⓒ정일근
ISBN 979-11-6861-149-8 03810